L'alchimiste

FichesdeLecture.com

L'alchimiste
(Fiche de lecture)

I. INTRODUCTION

Best-seller international, *l'Alchimiste* est un roman d'initiation écrit par le brésilien Paulo Coelho, et dont le titre original est *O Alquimista*. Il paraît pour la première fois en français en 1994, c'est-à-dire six ans après sa publication originale. Souvent proche du conte, ce roman raconte l'histoire d'un jeune berger, Santiago, qui part à la recherche de sa Légende Personnelle et d'un trésor. Les critiques sont très diverses sur cette œuvre à succès, certains louant son efficacité symbolique, d'autres lui reprochant sa simplicité.

II. RÉSUMÉ DE L'ŒUVRE

Le roman nous raconte l'histoire de Santiago, un jeune berger espagnol, qui effectue un voyage au cours duquel il va se découvrir lui-même, à travers sa « légende personnelle ». Il se rend ainsi d'Andalousie aux Pyramides égyptiennes et, le long du chemin, va peu à peu apprendre à écouter son cœur et comprendre que ses rêves font partie de l'Univers dans son ensemble.

Le jeune berger est avant tout un homme humble. En effet, il désire peu de choses, n'aspirant qu'à être libre d'avoir un peu de vin et de lecture en sa possession, et de se promener avec ses moutons. Mais un rêve ne cesse de revenir le hanter : celui d'un fabuleux trésor caché à des milliers de kilomètres, au pied des Pyramides. Il va donc voir une gitane, qui lui dit de poursuivre ses rêves et sa légende personnelle. Santiago rencontre alors Melchisédech, un vieillard étrange qui prétend être le roi d'un pays lointain ; cette rencontre pousse aussi le berger à partir à la recherche du trésor dont il a rêvé ; en effet, le vieil homme lui déclare que lorsque quelqu'un poursuit un rêve, l'Univers dans son ensemble conspire à le réaliser. Santiago part donc le jour suivant pour l'Afrique.

Toutefois, son arrivée en Afrique laisse à penser que sa quête ne va pas être aussi facile qu'il le pensait. Santiago se rend d'abord à Tanger, où il est dévalisé et se retrouve seul, isolé et incapable de parler un mot d'Arabe. Le berger se demande s'il ne devrait pas tout abandonner et rentrer chez lui. Mais les paroles du sage vieillard lui reviennent en tête, et il décide de persister, en commençant par obtenir un emploi dans une boutique de cristal qui, pourtant, ne vend plus rien depuis longtemps. Il y travaille un an et, durant cette période, en apprend beaucoup sur la vie et sa Légende Personnelle. De même, Santiago gagne assez d'argent pour s'acheter un nouveau troupeau et rentrer chez lui. Mais à la dernière minute, il décide de se montrer téméraire et se joint à une caravane qui prend la route de l'Égypte.

Là, il rencontre un Anglais venu en Afrique pour rechercher un célèbre alchimiste. Pendant leur traversée du désert, l'Anglais lui raconte les secrets de l'alchimie. Ses idées rappellent beaucoup à Santiago celles de Melchisédech. Tous deux évoquent aussi l'Âme du Monde, à laquelle chaque individu est relié, ainsi que la nécessité de poursuivre ses désirs. Le berger pense qu'il vaut mieux apprendre ces secrets à travers l'observation du monde, tandis que l'Anglais est attaché à l'étude d'ouvrages érudits. Alors que leur voyage progresse, une rumeur se propage sur une guerre tribale à venir...

La caravane parvient à l'Oasis Al-Fayoum, qui est en fait le lieu de résidence de l'Alchimiste. Là, le berger tombe amoureux de Fatima, une belle jeune fille. Ce coup de foudre lui révèle que l'amour est comme la légende personnelle, c'est-à-dire lié intrinsèquement à l'Âme du Monde. Alors qu'il marche dans le désert, Santiago a une vision d'une bataille ; il se précipite donc à l'Oasis pour avertir les anciens, qui lui proposent d'être leur conseiller. Le berger réfléchit à cette possibilité de rester là avec Fatima, mais l'Alchimiste lui offre la possibilité de se rendre jusqu'à son trésor.

Sur leur chemin, il lui apprend un peu plus à écouter son cœur ; mais peu avant d'arriver aux Pyramides, les deux hommes sont capturés par une tribu. L'Alchimiste déclare alors aux hommes qui les ont faits prisonniers que Santiago est un puissant magicien qui peut se transformer en vent. Ces derniers sont très impressionnés et acceptent de les épargner si Santiago parvient à un tel prodige. Le seul problème est que le berger ne sait pas comment s'y prendre. Après trois jours à méditer, il utilise sa connaissance de l'Ame du Monde pour demander leur aide aux éléments : le désert d'abord, puis le vent, le soleil, et enfin l'Âme elle-même. Le vent se lève alors, Santiago disparaît pour réapparaître de l'autre côté du camp.

Après un passage par un monastère où l'Alchimiste fait la démonstration de ses talents au berger, il laisse Santiago continuer seul jusqu'aux Pyramides. Une fois sur place, il est attaqué par des bandits. Lorsqu'on lui demande ce qu'il fait là, le berger répond qu'il a rêvé d'un trésor enterré au pied des pyramides. L'un des bandits se moque de lui et lui rétorque qu'il a rêvé la même chose, sauf que son trésor à lui était enterré en Espagne. Le jeune héros comprend alors que le trésor était dans son pays pendant tout ce temps.

L'histoire fait alors un bon en avant dans le temps : on retrouve Santiago en train de creuser un trou au pied d'un arbre, là où il avait fait son premier rêve. Et là, effectivement, il tombe sur un coffre plein d'or, qui lui permettra de vivre heureux avec Fatima.

III. PRÉSENTATION DES PERSONNAGES

Santiago

Le héros du roman est un jeune berger originaire d'une petite ville de l'Andalousie. Son éducation a eu lieu dans un séminaire, mais il souhaite voyager et demande un jour à son père la permission de devenir berger pour pouvoir parcourir l'Andalousie. Bien qu'apparaissant souvent comme un personnage naïf, Santiago fait preuve d'ouverture d'esprit, de soif de découverte et d'une grande curiosité. C'est pour cela qu'il n'hésite pas à prendre la route de l'Afrique après sa rencontre du vieil homme mystérieux.

Santiago, malgré ses défauts, est caractérisé par son amour de la liberté. Sur ce point d'ailleurs, le roman paraît lui donner raison, puisqu'il comprend à la fin de son voyage que rechercher la sécurité à tout prix est souvent plus dommageable que de prendre des risques.

Santiago est fasciné par les mystères de l'existence et du monde, ce qui en fait idéalement le héros de ce roman d'initiation. Il fait preuve d'une grande sagesse au long de son périple, malgré sa grande inexpérience.

Melchisédec

Melchisédec se présente comme le roi de Salem (qui est en fait le nom raccourci de Jérusalem), une contrée lointaine et mystérieuse. Santiago le rencontre dans la ville de Tarifa, dans le Sud de l'Espagne. C'est lui qui vient révéler au héros sa « Légende personnelle » et l'existence de l'Âme du Monde. Le sage apparaît en fait devant tous les gens qui cherchent à expérimenter leur Légende Personnelle, même lorsqu'eux-mêmes n'en sont pas conscients.

Lors de leur rencontre, ce personnage essaie de prouver à Santiago qu'il ne lui ment pas et écrit sa vie sur du sable. Puis il lui donne des indications pour l'aider à trouver son trésor, et lui offre deux pierres, Ourim et Toumim (qui signifient « oui » et « non »).

Ce personnage fait référence à Melchisédech, un personnage biblique, prêtre de Dieu qui vient bénir Abraham, et que l'on trouve notamment dans la *Genèse.*

L'Alchimiste

Personnage fondamental qui a donné son titre au roman, l'Alchimiste vit à l'Oasis Al-Fayoum, en Égypte. Bien que l'Anglais soit venu pour suivre son enseignement, c'est Santiago qui, au final, se révèle être son véritable disciple. L'Alchimiste est toujours vêtu de noir et s'accompagne d'un faucon pour chasser. Très puissant, il a percé le secret de l'Elixir de Vie et de la pierre philosophale.

L'Alchimiste va véritablement aider Santiago dans sa quête, en l'aidant à déchiffrer le fonctionnement de l'Univers. De plus, il fait tout pour lui transmettre sa science et sa sagesse.

Fatima

Fatima est une belle jeune femme dont Santiago tombe amoureux à Al-Fayoum. Ils se fréquentent pendant plusieurs semaines, et il finit par lui demander le mariage, mais la jeune femme insiste pour qu'il persiste dans sa quête de Légende Personnelle. Cela intrigue le héros, mais l'Alchimiste lui apprend ensuite que même un pur amour ne peut venir en travers de cette Légende. Sinon, c'est que ces sentiments ne sont pas véritables...

L'Anglais

Le héros le rencontre lorsqu'il rejoint la caravane à destination de l'Égypte. L'Anglais se consacre à devenir un grand alchimiste, et c'est pour cette raison qu'il veut se rendre à l'Oasis Al-Fayoum, pour étudier aux côtés d'un célèbre

Alchimiste. On dit en effet de ce dernier qu'il serait âgé d'au moins deux siècles, et aurait la capacité de transformer n'importe quel métal en or...

La rencontre avec l'Anglais est fondamentale pour Santiago, car il lui apprend beaucoup de choses sur l'alchimie, et lui prête ses ouvrages lors de leur périple dans le désert.

IV. AXES DE LECTURE DU ROMAN

La double signification des rêves

Le thème du rêve a une grande importance dans ce roman. Il apparaît d'abord sous la forme du sommeil, puisque c'est un rêve récurrent à propos du trésor enterré au pied des Pyramides qui vient susciter la curiosité de Santiago, et donc le pousse déjà vers une quête de sa Légende Personnelle. De même, c'est le rêve du bandit qui le ramènera vers l'Andalousie. Les personnages du départ (la gitane et Melchisédec) ne s'y trompent d'ailleurs pas, puisqu'ils lui conseillent de suivre le chemin indiqué dans son sommeil. On comprend alors que les rêves sont le langage de l'Univers, un moyen utilisé pour que les hommes comprennent en quoi consiste leur destin.

Mais le rêve est aussi à considérer sous l'angle de l'aspiration personnelle, du but, du désir. Coelho joue bien sur cette dualité du terme « rêve(s) ». Dès lors, le roman véhicule un message que l'on pourrait résumer ainsi : tout le monde a besoin d'un rêve. Mais encore faut-il se décider à le suivre, et c'est là tout l'enjeu de cette « Légende personnelle » qui hante le roman. On remarque d'ailleurs que Santiago est plus vulnérable dans les périodes de son voyage au cours desquelles il n'a pas de but précis. Un personnage incarne bien l'hésitation à réaliser son rêve : il s'agit du Marchand de Cristal, qui craint qu'en se rendant à la Mecque comme il le désire, il perde tout attrait pour le futur par la suite. Mais Santiago essaie de le persuader que chaque individu doit tout mettre en œuvre pour parvenir à ses rêves, sous peine de ne pas être véritablement vivant, tout simplement.

L'alchimie

Le domaine de l'Alchimie apparaît dans de nombreux éléments du roman. On le voit à l'importance du titre, mais surtout au personnage de l'Alchimiste, véritable pivot pour de nombreux personnages en quête de compréhension du monde, dont notre héros. À l'origine, il s'agit d'une « science » occulte médiévale visant notamment la transformation du plomb en or et l'élaboration de l'Élixir de Longue Vie, des éléments que l'on retrouve dans l'histoire (avec la pierre philosophale).

Ici, elle sert aussi de métaphore, avec l'idée d'une transformation spirituelle et le recours à une symbolique et une rhétorique forte. D'une part, le plomb du quotidien, et de l'autre, l'or de notre Légende Personnelle... Notons que le terme lui-même viendrait de l'arabe (en Égypte, plus précisément) *al-kemya*.

Le destin

L'individu inscrit dans un Tout, l'Univers : voilà une idée ancrée dans le roman de Coelho. Or vient alors se poser la question de la liberté et du destin humains. On peut citer ce passage, qui expose une interrogation existentielle : « *C'est un livre qui parle de la même chose que presque tous les livres, poursuivit le vieillard. De l'incapacité des gens à choisir leur propre destin.* » En effet, l'un des thèmes principaux de l'*Alchimiste* développe le fait que les chemins empruntés par les êtres humains sont à bien des égards prédestinés, ce que répète d'ailleurs souvent le Marchand de Cristal. En réalité, cette obligation qui détermine sans s'avouer la destinée humaine est celle d'une harmonie à atteindre, avec soi-même (la Légende Personnelle) et avec le monde.

Malheureusement, en quittant l'enfance et en devenant adultes, l'ouvrage suggère que nous rendons les choses beaucoup plus compliquées qu'elles ne le sont véritablement. Cela est illustré dans le passage au cours duquel Santiago lit un ouvrage de l'Anglais. Le livre affirme que le secret originel de l'alchimie, celui que tous s'efforcent de percer, pourrait en fait être résumé en une seule phrase, mais que l'humanité l'a défiguré par sa complexité, jusqu'à le rendre indéchiffrable et incompréhensible. Le berger refuse cet argument, persuadé que la vie quotidienne et l'expérimentation des choses pourront lui permettre de tout apprendre.

Cette conviction que le destin d'un individu se révèle en fait dans des détails quotidiens est une idée qui porte le roman de bout en bout. Rappelons une fois de plus les paroles du vieil homme qui, dès le début, annonce que lorsque l'on veut quelque chose, tout l'univers aide à le réaliser. Cette idée d'ouverture est fondamentale parce que confirmée jusqu'à la fin : le destin parvient peut-être à imposer des rêves à quelqu'un, mais il ne pourra jamais empêcher cette personne de les réaliser...

L'unité du monde

L'unité de l'ensemble des existences est réaffirmée tout au long du roman. Elle passe d'abord par cette fameuse « Âme du monde », qui réunit êtres humains, plantes, minéraux...

Mais le message peut se percevoir dans un autre sens, puisqu'il s'agit aussi de montrer qu'il n'y a pas de différences significatives entre les religions humaines. On note d'ailleurs l'importance de la variété des références utilisées en matière de religion, de culture et de spiritualité : « Narcisse » (mythologie grecque), le Coran et la Mecque, l'Esperanto, la Bible...

Dans la même collection en numérique

Les Misérables

Le messager d'Athènes

Candide

L'Etranger

Rhinocéros

Antigone

Le père Goriot

La Peste

Balzac et la petite tailleuse chinoise

Le Roi Arthur

L'Avare

Pierre et Jean

L'Homme qui a séduit le soleil

Alcools

L'Affaire Caïus

La gloire de mon père

L'Ordinatueur

Le médecin malgré lui

La rivière à l'envers - Tomek

Le Journal d'Anne Frank

Le monde perdu

Le royaume de Kensuké

Un Sac De Billes

Baby-sitter blues

Le fantôme de maître Guillemin

Trois contes

Kamo, l'agence Babel

Le Garçon en pyjama rayé

Les Contemplations

Escadrille 80

Inconnu à cette adresse

La controverse de Valladolid

Les Vilains petits canards

Une partie de campagne

Cahier d'un retour au pays natal

Dora Bruder

L'Enfant et la rivière

Moderato Cantabile

Alice au pays des merveilles

Le faucon déniché

Une vie

Chronique des Indiens Guayaki

Je voudrais que quelqu'un m'attende quelque part

La nuit de Valognes

Œdipe

Disparition Programmée

Education européenne

L'auberge rouge

L'Illiade

Le voyage de Monsieur Perrichon

Lucrèce Borgia

Paul et Virginie

Ursule Mirouët

Discours sur les fondements de l'inégalité

L'adversaire

La petite Fadette

La prochaine fois

Le blé en herbe

Le Mystère de la Chambre Jaune

Les Hauts des Hurlevent

Les perses

Mondo et autres histoires

Vingt mille lieues sous les mers

99 francs

Arria Marcella

Chante Luna

Emile, ou de l'éducation
Histoires extraordinaires
L'homme invisible
La bibliothécaire
La cicatrice
La croix des pauvres
La fille du capitaine
Le Crime de l'Orient-Express
Le Faucon malté
Le hussard sur le toit
Le Livre dont vous êtes la victime
Les cinq écus de Bretagne
No pasarán, le jeu
Quand j'avais cinq ans je m'ai tué
Si tu veux être mon amie
Tristan et Iseult
Une bouteille dans la mer de Gaza
Cent ans de solitude
Contes à l'envers
Contes et nouvelles en vers
Dalva
Jean de Florette
L'homme qui voulait être heureux
L'île mystérieuse
La Dame aux camélias
La petite sirène
La planète des singes
La Religieuse
1984 A l'Ouest rien de nouveau
Aliocha
Andromaque
Au bonheur des dames
Bel ami
Bérénice
Caligula
Cannibale
Carmen

Chronique d'une mort annoncée
Contes des frères Grimm
Cyrano de Bergerac
Des souris et des hommes
Deux ans de vacances
Dom Juan
Electre
En attendant Godot
Enfance
Eugénie Grandet
Fahrenheit 451
Fin de partie
Frankenstein
Gargantua
Germinal
Hamlet
Horace
Huis Clos
Jacques le fataliste
Jane Eyre
Knock
L'homme qui rit
La Bête humaine
La Cantatrice Chauve
La chartreuse de Parme
La cousine Bette
La Curée
La Farce de Maitre Pathelin
La ferme des animaux
La guerre de Troie n'aura pas lieu
La leçon
La Machine Infernale
La métamorphose
La mort du roi Tsongor
La nuit des temps
La nuit du renard
La Parure

La peau de chagrin
La Petite Fille de Monsieur Linh
La Photo qui tue
La Plage d'Ostende
La princesse de Clèves
La promesse de l'aube
La Vénus d'Ille
La vie devant soi
L'alchimiste
L'Amant
L'Ami retrouvé
L'appel de la forêt
L'assassin habite au 21
L'assommoir
L'attentat
L'attrape-coeurs
Le Bal
Le Barbier de Séville
Le Bourgeois Gentilhomme
Le Capitaine Fracasse
Le chat noir
Le chien des Baskerville
Le Cid
Le Colonel Chabert
Le Comte de Monte-Cristo
Le dernier jour d'un condamné
Le diable au corps
Le Grand Meaulnes
Le Grand Troupeau
Le Horla
Le jeu de l'amour et du hasard
Le Joueur d'échecs
Le Lion
Le liseur
Le malade imaginaire
Le Mariage de Figaro
Le meilleur des mondes

Le Monde comme il va

Le Parfum

Le Passeur

Le Petit Prince

Le pianiste

Le Prince

Le Roman de la momie

Le Roman de Renart

Le Rouge et le Noir

Le Soleil des Scortas

Le Tartuffe

Le vieux qui lisait des romans d'amour

L'Ecole des Femmes

L'Ecume Des Jours

Les Bonnes

Les Caprices de Marianne

Les cerfs-volants de Kaboul

Les contes de la Bécasse

Les dix petits nègres

Les femmes savantes

Les fourberies de Scapin

Les Justes

Les Lettres Persanes

Les liaisons dangereuses

Les Métamorphoses

Les Mouches

Les Trois mousquetaires

L'étrange cas du Dr Jekyll et de Mr Hyde

L'Ile Au Trésor

L'île des esclaves

L'illusion comique

L'Ingénu

L'Odyssée

L'Ombre du vent

Lorenzaccio

Madame Bovary

Manon Lescaut

Micromégas
Mon ami Frédéric
Mon bel oranger
Nana
Ne tirez pas sur l'oiseau moqueur
Notre-Dame de Paris
Oliver twist
On ne badine pas avec l'amour
Oscar et la dame rose
Pantagruel
Le Misanthrope
Perceval ou le conte du Graal
Phèdre
Ravage
Roméo et Juliette
Ruy Blas
Sa Majesté des Mouches
Si c'est un homme
Stupeur et tremblements
Supplément au voyage de Bougainville
Tanguy
Thérèse Desqueyroux
Thérèse Raquin
Ubu Roi
Un Barrage contre le Pacifique
Un long dimanche de fiançailles
Un secret
Vendredi ou la vie sauvage
Vipère au poing
Voyage au bout de la nuit
Voyage au centre de la terre
Yvain ou le Chevalier au lion
Zadig

À propos de la collection

La série FichesdeLecture.com offre des contenus éducatifs aux étudiants et aux professeurs tels que : des résumés, des analyses littéraires, des questionnaires et des commentaires sur la littérature moderne et classique. Nos documents sont prévus comme des compléments à la lecture des oeuvres originales et aide les étudiants à comprendre la littérature.

Fondé en 2001, notre site FichesdeLectures.com s'est développé très rapidement et propose désormais plus de 2500 documents directement téléchargeables en ligne, devenant ainsi le premier site d'analyses littéraires en ligne de langue française.

FichesdeLecture est partenaire du Ministère de l'Education du Luxembourg depuis 2009.

Plus d'informations sur www.fichesdelecture.com

ISBN: 978-2-511-02909-1

Notes :